LETTRES PARISIENNES

SALON 1876-1877

OUVRAGES DU MÊME AUTEUR

SOUVENIRS DE L'AMÉRIQUE ESPAGNOLE (4ᵉ édition, revue et corrigée), 1 vol. in-18. — Paris, Michel Lévy.

LES DERNIERS SAUVAGES, souvenirs de l'occupation française aux îles Marquises (3ᵉ édition), 1 vol, in-18. — Paris, HETZEL.

A TRAVERS LA BRETAGNE, 1 vol. in-18. — Paris, Michel Lévy.

LE CHAMP-DE-MARS A VOL D'OISEAU (Exposition universelle), 1 vol. in-18. — Paris, Michel Lévy.

L'ÉCOLE DE M. TOUPINEL, 1 vol. in-18. (Épuisé.) — Brest, LEFOURNIER.

REFLETS DE TABLEAUX CONNUS, 1 vol. in-18. — Brest, LEFOURNIER.

LETTRES SUR LE SALON DE 1875, in-18. — Brest, LEFOURNIER.

STÉPHAN RENAL

(MAX RADIGUET)

LETTRES PARISIENNES

SALON 1876-1877

Extrait de l'Union Républicaine du Finistère

BREST

Imp. L. EVAIN, née ROGER, rue Saint-Yves, 32

1878

LETTRES PARISIENNES

SALON 1876-1877

A Armand Rousseau

I

M. Gustave Doré. — M. Benjamin Constant.

Paris, 6 Mai 1876.

.... Les deux plus grands tableaux du Salon de 1876 sont ceux de MM. Gustave Doré et Benjamin Constant. Si leurs dimensions les imposent au regard, des titres bien autrement légitimes les imposent aussi à l'examen et à l'intérêt. — M. Doré a fait entrer dans son cadre toute la population d'une ville. M. Constant s'est borné à mettre dans le sien un tourbillon guerrier d'hommes et de chevaux. M. Doré nous montre, au milieu des transports d'allégresse et sur une voie fleurie, le

1

doux fondateur de la doctrine toute d'amour et de
paix, où il est écrit : « Bienheureux les paci-
fiques... » — « Aimez-vous les uns les autres. »
— M. Constant, au contraire, fait chevaucher dans
le sang et sur des cadavres un farouche sectaire
de cet Islam dont le glaive a été, conformément au
précepte de son fondatenr, non pas l'*ultima ratio*,
mais le premier et l'unique argument de propa-
gande. — *Entrée de N.-S. Jésus-Christ à Jérusalem.* — *Mahomet II, le 29 mai 1453,* — tels
sont désignés au livret les tableaux que j'essaierai
de vous faire entrevoir.

L'an dernier, dans la même salle et à la même
place, M. Doré exposait une œuvre non moins
considérable : elle représentait les multitudes dam-
nées s'ébauchant sur des profondeurs ténébreuses
et sur des espaces rougis par les brasiers infer-
naux, tandis que, livide et sinistre, une sorte de
crépuscule rendait plus saisissables vers les premiers plans, les tortures et les désespoirs des
suppliciés éternels. — Aujourd'hui c'est un flot de
soleil et de couleur, c'est l'épanouissement joyeux
d'une population en fête, c'est l'hosannah de ce
grand jour des cœurs énivrés dont l'Eglise a consacré le souvenir, que le puissant et courageux
artiste vient d'évoquer avec l'étonnante soudaineté
de conception et d'exécution qui est le propre de
son génie.

Au centre du tableau, Jésus s'avance le nimbe

au front, sous la superbe arcade d'un portique corinthien. Il se présente de face, drapé dans un manteau bleu et monté sur un âne dont un négrillon tient la bride. Des enfants l'entourent, piétinant une épaisse jonchée de verdure et de fleurs. La foule ouverte à son approche s'échelonne agenouillée, prosternée aux abords de la voie. Des femmes à la noire chevelure, relevée par de fines bandelettes, des jeunes filles, le front cerclé d'une chaînette de sequins, se pressent aux premiers rangs. Le cœur ouvert à tous les enthousiasmes, à tous les genres d'espoir, elles contemplent le radieux prophète à la parole consolatrice, elles l'acclament au passage et le saluent de leurs verts rameaux. Les mères les plus voisines soutiennent debout ou tendent vers Jésus leurs derniers nés, et des adolescents dressent en l'air des guirlandes de feuillages étoilées de fleurs rouges et blanches. Terrasses, galeries, péridromes, fourmillent de spectateurs. Degrés de portiques, appuis de balustres, socles de colonnes, tout ce qui offre au pied une prise où s'implanter, est envahi par des jeunes gens des deux sexes. Partout dans les interminables et poudroyants lointains déjà parcourus où l'œil plonge et s'égare, comme sur le chemin encore à parcourir, des banderolles rouges et bleues flottent des terrasses et des balcons. A toutes les mains tendues s'infléchissent des palmes, une joie immense enflamme les visages, elle déborde, elle s'épanche, elle plane dans l'air en retentissantes acclamations relatées par l'Evangéliste : — « Hosannah au fils de David ! » — « Béni soit celui qui vient au nom du Seigneur ! — « Hosannah au plus haut des cieux ! » Et tandis que s'élève dans l'espace cette ivresse d'adoration, cet amoureux élan des cœurs conquis, on voit, pareilles à de légères vapeurs lactées sur le ciel bleu, se dessiner des phalanges ailées de séraphins qui sortent des profondeurs de l'empyrée pour suivre la marche du triomphateur. — Pourtant, à droite du tableau dans un coin baigné d'ombre, un groupe d'hommes et de femmes, parmi lesquels une sorte de centurion le poing tendu vers le divin passant, se montre réfractaire à l'allégresse générale : ce groupe sinistre, où l'on sent gronder la haine et la menace d'une secte hypocrite et jalouse, celle des Pharisiens, fait entrevoir, au bout de la voie triomphale, les angoisses du Gethsémani et les tortures du Golgotha.

L'ordonnance de cette vaste composition en pleine lumière est des mieux entendues. Ni dans l'ensemble ni dans les détails, elle ne laisse prise à la moindre ambiguité. Dès le premier coup d'œil, on en sait le dernier mot. M. Doré est un metteur en scène des plus habiles. C'est avec une pondération parfaite qu'il a distribué sur sa toile, à des plans divers, une multitude turbulente et passionnée. La même harmonie s'étend du reste à

toutes les parties constituantes de l'œuvre. On la
rencontre dans le mouvement et dans l'expression
des figures, pas un jeu de physonomie, pas un
élan, pas un geste qui n'ait pour point de conver-
gence le placide et doux visage nimbé du
Sauveur. L'éclat et la variété des ajustements
frappés par le soleil n'ont pas non plus trouvé le
peintre en défaut. Toute la gamme des nuances
s'est épandue en notes des plus vives aux plus
tendres, sur ces étoffes orientales dont on connait
le bariolage effréné. Robes de grands dignitaires
en tissu de brocart, soieries ou circulent des fibres
métalliques, manteaux, tuniques et turbans, violem-
ment rayés, bigarrés, semés de rosaces, qui se
drapent, se plissent, se cassent et ondulent avec
un naturel et un caprice charmants, entremêlent,
dans un parfait accord, leurs nuances véhémentes
ou délicates, et réjouissent le regard comme un
parterre printanier. On pourra aimer plus ou moins
la couleur générale de cette belle conception, mais
je doute qu'on en puisse contester l'harmonie.

Ce nouvel effort de M. Doré ramènera-t-il, à
des sentiments meilleurs, une coterie dont l'influence a, dit-on, paralysé jusqu'à ce jour le bon
vouloir de l'administration des Beaux-Arts vis-à-
vis du grand artiste ? — Je n'en sais rien : en tout
cas, je suis absolument sûr que bien des étrangers
attirés par l'Exposition universelle en 1878,
s'étonneront de ne trouver ni dans une église, ni

dans un musée, ni sur le moindre pan de muraille
d'un monument public de Paris, un morceau de
peinture grand comme la main, de ce Gustave
Doré dont le monde civilisé sait aujourd'hui le
nom.

C'est aussi une entrée triomphale, celle de
Mahomet *El Bosrouk*, qui a tenté le brillant
pinceau de M. Benjamin Constant. La figure de
Mahomet II, plus qu'aucune autre, se dresse grande
et terrible, intéressante et curieuse dans l'histoire
de Turquie. Ce barbare, lettré pour son époque, et
politique fort adroit, aima les arts après avoir aimé
la guerre. Il était comme l'*Emir* dont parle
V. Hugo, « pensif, féroce et doux. » En ces
heures de jeunesse où

Il donnait à boire aux épées,

il vint mettre le siége devant Constantinople.
L'empire byzantin déjà touchait à sa ruine ; il la
précipita. Pourtant une poignée de braves, com-
mandés par l'intrépide Constantin Dracosès,
dernier empereur d'Orient, tint soixante jours en
échec sa puissante armée. La mort héroïque de
Constantin, dans un suprême assaut, mit fin à la
lutte : les troupes musulmanes envahirent alors la
Métropole et s'y livrèrent sur les chrétiens grecs
aux plus sanglants excès. Le carnage dura trois
jours. Il avait duré cinq jours de plus à la prise de

Jérusalem par Godefroi de Bouillon ; les croisés y massacrèrent 70,000 mahométans et tous les juifs furent brûlés. Il faut dire, à la décharge des croisés, que la plupart d'entre eux, animés d'un zèle plus fervent qu'instruit, s'imaginaient mettre à mort les vrais bourreaux de Jésus-Christ. Mahomet vengeait-il après trois siècles et demi, sur les chrétiens de l'Eglise grecque, le massacre de ses coréligionnaires ? Il se serait alors montré relativement miséricordieux. Quoi qu'il en soit, il semble que la destinée toujours garde, à certains méfaits, de cruelles représailles. — La légende veut que, dès son entrée à Constantinople, Mahomet se soit rendu au temple consacré à la Sagesse Divine, *Agia Sophia*, personnifiée par les grecs qui en faisaient la mère des vertus théologales, et qu'ayant frappé de sa main sanglante un des piliers de l'édifice, il se soit écrié : — « C'est ainsi que l'Islam triomphera du monde ! » Pourtant, s'il fit du temple une Mosquée, plus fin politique et infiniment moins *ture* qu'il ne le voulait paraître, laissant à d'autres le soin de continuer la conquête si solennellement annoncée, il fut clément aux vaincus, il leur distribua des largesses, accorda le libre exercice de la religion à tout le monde et installa lui-même un patriarche. Ces mesures pleines de sage modération, ouvrirent une ère durant laquelle Constantinople devint une des plus florissantes villes du monde.

Le tableau de M. B. Constant nous montre l'empereur le 29 mai 1453, c'est-à-dire le jour où son entrée dans la ville conquise va mettre un terme à la sanglante orgie.

Entouré de ses visirs et de ses pachas, il apparaît sous l'arceau de la porte Saint-Romain, dont les projectiles du siége ont ébréché les arêtes. Derrière lui flotte un drapeau rouge : on dirait une langue de flamme égarée de l'incendie qui, sur la gauche du tableau, laisse échapper encore ses fumées roussâtres. Couronne au front, dressant d'un geste plein d'énergie et de fierté l'étendart vert surmonté du croissant, il s'avance dans sa cotte d'armes sur un cheval gris d'acier, tenu près du mors par un serviteur nègre. De l'autre côté du cheval, marche, coiffé du turban vert et dans une robe verte éclaboussée de sang, un second nègre, guerrier ou bourreau, de mine arrogante et farouche, qui tient hors du fourreau un yatagan dont le fer est sinistrement rougi. Autour du jeune et mâle visage de l'empereur, les grands du cortége montrent aussi, les uns sous le turban blanc lamé d'or, les autres sous le capuchon vert de leurs cabans, des physionomies dont les ivresses de la victoire n'altèrent point l'impassibilité musulmane. Derrière ces principales figures, sur un ciel rayé par les piques des cavaliers de l'escorte, flottent au vent, des gonfanons, des queues de cheval, des enseignes rouges, violettes et bleues. — Ce front de cortége s'avance à travers de larges dalles en désarroi, sur un sol en pente, crevassé, gorgé de sang et tout jonché des nombreuses victimes d'une soldatesque en démence. Le cheval du vainqueur piaffe sur deux cadavres : celui d'une jeune fille blonde au calme et doux visage : facilement elle a dû céder à la mort ; celui d'une jeune femme brune, qu'une main pieuse s'efforce d'entraîner hors de la voie. Couché dans ses habits pontificaux, un évêque à la face livide, étend sur le riche couvercle d'une châsse à reliques, comme pour la protéger encore, sa main gantée de violet ; un prêtre, orné de son étole, est renversé auprès d'une grande croix d'or, une femme a expiré le visage perdu dans une chevelure de ce beau rouge acajou qu'on rencontre chez certaines juives du Levant. Ces divers personnages ont été frappés, tout l'indique, durant une procession propitiatoire. Enfin, sous l'œil du spectateur, gisent au bord du cadre deux guerriers adversaires peut-être. Le plus voisin, salade en tête, cotte de maille au flanc, le visage enfoncé dans la poussière, a près de lui son cheval égorgé qui se profile avec les allongements et les maigreurs sinistres de la mort. Une rondache, des débris d'armes sont épars sur la boue sanglante. L'un de ces chevaliers, celui dont le visage est caché, ne serait-il pas le valeureux et infortuné Dracosès qui, mortellement frappé et ne voulant pas être reconnu, s'écriait : — « Personne ici ne viendra donc me couper la tête ! »

A l'heure où je vous écris, cette belle peinture traverse ma mémoire avec son fracas et ses éblouissements. Je revois ce triomphateur aux traits fins, au masque grave, au geste superbe ; ce cheval du *Massacre de Chio* qui, se trompant de maître, aura visité l'atelier de M. Constant ; ces étoffes chatoyantes, où le pinceau de l'artiste s'est complu, parfois même au préjudice, non de l'harmonie générale, mais de la clarté, au moins dans certaine partie de la composition ; et mon regard, qui s'arrête réjoui par cette robe verte, ce dolman rose, ces draperies, ces housses noires ou bleu de ciel ramagées d'or, surtout aussi par ces habits sacerdotaux où les nuances les plus délicates et les plus fines s'associent avec tant de charme, s'étonne de trouver, au même plan, des visages seulement ébauchés et des formes humaines très-indécises. — J'aurais voulu n'avoir point à faire ce reproche à l'œuvre brillante d'un peintre qui, dès aujourd'hui, s'est placé au premier rang des coloristes et dont les œuvres seront désormais attendues avec une curiosité impatiente et un très-sympathique intérêt.

II

M Gustave Moreau.

Paris, 12 Mai.

Hercule et l'Hydre de Lerne. — *Salomé.* —
L'Apparition. — *Saint-Sébastien.* — Parmi les
cavernes que le rongement séculaire des flots a
creusées au flanc de nos falaises bretonnes, la
grotte de Morgat, sur la côte Ouest du Finistère,
offre, dans sa disposition intérieure, plus d'un
rapport avec l'antre du marais de Lerne, tel du
moins que l'imagine M. Gustave Moreau. Ce sont
les mêmes parois irrégulières et hachées où s'ouvrent les mêmes réduits étroits, les mêmes
enfoncements ténébreux ; leur sol, pareillement
inégal, émerge de l'eau dormante en saillies ro-
cheuses, qui permettent de prendre pied sur différents points ; enfin la grotte de Morgat revêt aussi
à certaine heures, ces délicates colorations lilas et
améthyste que le peintre tient en particulière
estime, comme l'indique le ton général de son
tableau. — Ces détails suffisent, je pense, à vous
fixer sur le repaire du monstre qui ravageait
l'Argolide à une époque dont je néglige de préciser
la date.

Une brèche verticale sépare le roc en deux escarpements, donne accès dans la caverne et laisse voir demi-voilé le disque sanglant du soleil. L'astre s'enfonce à l'horizon cuivrant la nappe endormie des eaux et prolongeant ce reflet sinistre, il éclaire d'un jour funèbre jusqu'à ses premiers plans l'intérieur du repaire, où tient une place importante le charnier du monstre. Cadavres d'hommes et de femmes de tous les âges, sont pêle-mêle, renversés, convulsés dans des positions bizarres ; les uns pliés en deux, comme de misérables guenilles, sur l'angle tranchant des roches, les autres, en partie baignés, ou seulement entrevus sous l'eau transparente. Corps délicats de jeunes filles aux pâleurs blafardes ; torses livides, bronzés, verdoyants, jaspés, vergetés de tons vineux et violâtres ; ceux-ci demi-rongés, ceux-là bientôt squelettes ; membres épars, carcasses déjà blanchies, dégagent dans cet humide séjour des miasmes délétères, qui semblent se condenser en larmes visqueuses sur les parois environnantes. — Hercule et l'Hydre sont en présence. Le héros, dans sa bouillante ardeur, vient de s'élancer sur un rocher à fleur d'eau en face de l'Hydre : le monstrueux serpent à sept têtes aussitôt s'est dressé, rapide et sifflant comme une fusée, sur un seul anneau de sa queue dont l'extrémité plonge au marais, et, posé droit au milieu du champ de carnage où gisent ses victimes, il mesure de haut son téméraire visiteur. Hercule est jeune, il est svelte, sa beauté est élégante, presque efféminée, sa chevelure blonde flotte en arrière. Dans le bandeau qui lui ceint le front, il a implanté en panache un léger rameau d'olivier, la dépouille fauve du lion de Némée lui couvre l'épaule, un baudrier bleu orné de pierreries retient à son dos un arc et à son flanc un carquois rouge. Il ramène contre sa poitrine sa main gauche fermée sur une brindille verte qu'il a cueillie en chemin ; sa main droite serre la poignée d'une massue dont l'extrémité pèse sur le roc. La tête un peu baissée, il considère et semble étudier, avec une curiosité grave, les allures du monstre qu'il tient surpris sous l'implacable fixité de son regard, et rien dans son attitude ne trahirait une impression, si les muscles du bras appuyé sur la massue ne saillaient, contractés par un effort machinal, où l'on peut voir une héroïque impatience de combattre et de vaincre.

Comme un palmiste à l'écorce écailleuse, dont le vent tord la gerbe de branches, alors que demeure immobile la rigide aigrette qui le couronne ; l'Hydre, dans la chatoyante cuirasse imbriquée de son corps de serpent épanoui en gerbe de vipères, laisse six de ses vipères gonflant leur gorge et l'œil injecté, darder, avec des sifflements enragés vers le héros, l'angle obtus de leur mâchoire sanguinolente, tandis que la septième tête demeure droite, impassible et superbe, comme si elle avait à indiquer, dans toute la plénitude de son calme et de sa raison, le moment opportun de l'attaque.

Telle est la scène, dont le dénouement nous est connu. M. Gustave Moreau l'a traitée avec un véritable sentiment poétique. Sa figure d'Hercule est fort belle d'attitude et de dessin. J'ai entendu reprocher à cet admirable artiste la négligence qu'il apporte dans l'exécution et dans le modelé de ses personnages. On exagère beaucoup, à mon sens, ce défaut du peintre. On ne devrait pas oublier qu'avec lui on sort de la vie réelle. M. Moreau s'ingénie à nous rendre la Fable dans toute sa subtile essence poétique. Une peinture trop vraie, trop vivante, servirait peut-être très-mal ses intentions, que sait rendre d'une façon supérieure sa manière parfois inégale, hachée, capricieuse, surtout dès qu'il s'agit de traiter certains sujets d'une mystérieuse horreur. Pourquoi ne reprocherait-on pas aussi à M. Moreau son paysage d'un ton splendide, mais entièrement de convention ? Pour mon compte, je ne lui saurais aucun gré d'avoir été copier son marais à Bougival et son Hydre au Palais des serpents du Jardin des Plantes, tandis que j'accepte avec une respectueuse déférence et un très-vif intérêt sa bête chimérique et son paysage, non pas de convention comme on l'a dit, mais tout simplement exceptionnel.

Devant *Salomé*, — la seconde peinture de

M. Moreau, — on se demande si l'on a sous les yeux de surprenantes recherches d'archéologie, ou quelque adorable caprice d'une imagination de poëte fixé d'ailleurs sur la toile avec un art et une habileté non moins surprenants. La scène se passe dans la vaste salle d'un palais, — peut-être d'un temple, — où se dressent des colonnes, où s'arrondissent des arcades, où s'enfoncent des voûtes. L'or, les pierres précieuses, les pâtes émaillées, le lapis lazuli, le jaspe, le porphyre, les marbres de différentes couleurs, concourent à l'ornementation de cette salle, et déploient surtout leurs richesses à faire un encadrement splendide au trône qui en occupe le milieu. Ce trône, posé sur une haute estrade, est celui d'Hérode Antipas Tétrarque de Galilée. — Des colonnes superposées, les unes de lapis lazuli, les autres de porphyre sanguin, dont une large cuirasse d'or étampé cercle le fût et la base, épanouissent leurs chapiteaux en bouquets où l'or se marie aux acanthes rouges et azurées du marbre. Des oiseaux d'émail et d'or, aux ailes éployées, ornent le faîte des colonnes. Des lampes d'or, d'une forme étrange, sont suspendues aux voûtes ; des cippes de jaspe, surmontés de cratères d'or où brûlent des parfums, se dressent sur les dalles de marbre aux couleurs alternées. Partout l'or est mêlé à l'estampage des pâtes, partout il cloisonne les incrustations et les émaux sur le stylobate des colonnes et sur les

parois de cette salle qui fait songer aux magnifi-
cences bibliques du temple de Jérusalem. Pourtant,
rien n'y éblouit le regard, tant est douce la clarté
où elle est tenue. C'est un jour apaisé, un de ces
reflets jaunes et chauds de certaines heures
d'orage. Il semble qu'un fluide transparent, celui
que donnerait un vernis d'or s'il pouvait s'évaporer,
se volatiser, baigne les premiers plans de la vaste
enceinte, et qu'il se condense, en tons de plus en plus
ambrés, sous les arceaux auxquels il fait au loin
des profondeurs rousses. Seules, deux ou trois
colonnes de lapis reçoivent la caresse furtive d'un
rayon de jour : venu on ne sait d'où, il blanchit un
point étroit de leur arête, glisse, contournant leur
surface polie, et la colore d'un azur pareil à la
flamme du soufre, qui bientôt s'épaissit et se fond
dans le bleu de l'ombre. — Hérode est assis sur le
trône dont un angle aigu termine le dossier
vertical. Au sommet de l'angle, une idole qu'on
dirait sorti des temples indiens d'Ellora, montre
une poitrine où s'étalent des rangées successives
de mamelles, qui lui descendent en cascades jusqu'à l'abdomen. Deux idoles plus petites sont
debout sur les montants du même dossier. — A
gauche de l'estrade, un garde, la bouche compri-
mée par un large bandeau, se tient de face, le
glaive sur l'épaule, immobile, impassible comme
une statue du Silence et de la Discrétion ; à droite,
une musicienne accroupie, la *cithara* sur les ge-

noux, fait vibrer les cordes de l'instrument. Près d'elle, une femme en riches habits est debout, un chasse-mouche à la main ; c'est la terrible, la vindicative Hérodiade qui, d'un œil ardent, observe la pantomime de séduction à laquelle se livre sa fille Salomé, devenue sa complice, pour arracher au Tétrarque l'arrêt de mort de saint Jean le Précurseur. Salomé danse au pied de l'estrade. La perverse et fascinante créature est pâle sous ses cheveux de jais que découvre vers la tempe sa mitre blanche lamée d'or, d'où tombe un voile. On devine qu'un tourbillon de scintillements s'échapperait de cette mitre et de ce voile tant ils sont criblés de perles et de pierreriers, si toute clarté vive n'était bannie de la salle. Sa robe est une merveille. Les Génies que le conte oriental subordonne à Soliman ben Daoud, n'en eussent pas fabriqué d'autre, même pour la reine de Saba. Des filets d'or y dessinent, entre de triples chapelets de perles disposés en bordures, mille fins ramages symétriques, où j'entrevois des feuillages et des corolles de fleurs, Je soupçonne que, pour les diaprer, le peintre a pris aux nacres leurs délicates nuances ; toutefois, n'osant l'affirmer, je me borne à dire que son pinceau s'y est épuisé en délicatesses exquises. Hérode, déjà vieux, barbu, d'un visage plus blafard que la toge blanche dont il est revêtu, appuie ses mains aux bras du siége et, penché pour mieux voir, il suit d'un regard avide les mouvements de la danseuse qui, dressée sur la pointe de l'orteil, s'avance à travers les fleurs éparses sur le carreau luisant. Celle-ci, déployant avec mollesse un de ses bras cerclés de bracelets, ramenant l'autre contre son sein, porte à la hauteur de ses lèvres le calice rosé d'un lotus et, les yeux baissés, le menton sur la poitrine, l'enchanteresse fatale, simulant les pudeurs alarmées de la vierge, s'arrête languissante, ineffable, sous la contemplation béante, extatique du Tétrarque. — Une panthère noire est accroupie en sphynx sur un tapis voisin : on dirait que, se voyant menacée d'une rivale dans les faveurs du maître, prise de jalouse rage, elle montre ses terribles crocs d'ivoire à la danseuse.

Dans une pareille enceinte presque solitaire, où les vibrations de la cithare troublent seules la solennité du silence et où l'atmosphère est saturée de ces tièdes arômes orientaux qui versent aux sens de perfides conseils, la danse adroitement mystique d'une superbe créature était bien faite pour assoupir la raison du Tétrarque et pour réveiller en son cœur une flamme dévorante ; aussi Hérode, pris de vertige, jura, dit l'écriture, de satisfaire à un caprice de la séduisante fille, dût-il y perdre la moitié de son royaume. Elle demanda la tête de saint Jean-Baptiste sur un plat d'or.

M. Moreau, dans l'*Apparition*, une magnifique

aquarelle complémentaire du tableau à l'huile,
nous montre ce qui s'ensuivit. — Ce sont toujours
les mêmes personnages, mais ce n'est plus la
brillante salle dont j'ai parlé. Hérode occupe un
trône placé à gauche du tableau. Il est vu de profil
dans la même attitude hiératique. Au pied du trône
nous trouvons la joueuse de cithare ; près d'elle,
Hérodiade, vêtue de ces belles étoffes orientales
chères à l'artiste, se tient assise les mains sur les
genoux et regarde danser sa fille. Le même satel-
lite, le visage à demi-voilé par un pan de sa coiffe
blanche, la bouche encore scellée sous le bandeau,
les hanches prises dans une étroite cotte rouge qui
lui tombe aux genoux, s'appuie sur un long glaive
ensanglanté près d'une arcade qui s'ouvre entre deux
colonnes de lapis lazuli. Aux pieds de ce garde im-
perturbable, un plat d'or vide est posé sur les dalles.
— Salomé, qui danse nue au premier plan, s'aban-
donne cette fois pleine d'élan et de passion. Un
diadème retient sa chevelure folle. Ses bijoux :
pectoral, ceinture, larges anneaux de poignets et
de chevilles, éblouissants d'escarboucles, d'éme-
raudes et de perles, ne dérobent qu'à demi les
élégances de sa nudité. Un étroit et fin tissu qui,
tout raide de pierreries, tombe de ses bras, complète l'extravagante parure. — Le peintre nous la
montre s'arrêtant, prise d'une stupéfiante angoisse
de terreur, au moment où, le corps lancé et le pied
en avant, elle voit apparaître, dans le rayonnant éclat

d'un nimbe, devant son visage et à la longueur de son bras tendu, la tête tranchée de saint Jean-Baptiste qui la regarde avec une poignante expression de tristesse et de sévérité. Cette tête saigne encore. Sous l'horrible blessure, le sang groupe des caillots allongés en stalactites, il tombe et, rougissant la place même que va toucher le pied blanc de la danseuse, il fait une exécrable rosée aux fleurs éparses sur les dalles.

L'*Apparition* est un véritable chef-d'œuvre. Cette Salomé au corps svelte, au sein frémissant, au pied leste et hardi, qui s'arrête pétrifiée par le remords, est superbement dessinée. Le sombre profil du Précurseur qui foudroie la créature sous le muet reproche de son regard, est d'une expression très-vivante. Certains détails négligés à dessein laissent aux figures leur entière importance.

Dans une seconde aquarelle de M. Moreau, nous voyons saint Sébastien, garrotté contre un arbre et percé de flèches. Le front entouré d'une gloire, un ange que soutiennent des ailes rouges et azurées, console et reconforte le martyr en lui montrant au milieu d'une apothéose sur le ciel, une croix d'où tombent des larmes de sang : c'est la croix du Juste qui plus encore que lui a souffert. — Deux saintes femmes sont venues apportant du linge et des baumes. Assises au pied de la croix, elles atten-

dent la nuit pour panser les plaies de l'infortuné. —
Dans cette aquarelle où des couleurs préparées à
la cire, me semblent tenir l'emploi de la gouache,
les ailes rouges et azurées de l'ange, les draperies
blanches et bleues, l'écharpe verte de sa ceinture,
constituent un ensemble véhément et d'un fort bel
effet.

Les tableaux exposés au Salon de 1876 par
M. Gustave Moreau se réfléteront-ils dans les lignes
que je vous adresse ? Je ne m'en flatte guère. Travail
de l'esprit et travail de la main sont également
mystérieux chez cet artiste, et je me demande si
en vous montrant les scènes qui précèdent, telles
que je les ai comprises, je ne me suis pas trouvé
en désaccord avec sa pensée. J'éprouverais un
bien autre embarras s'il me fallait vous parler des
côtés matériels de son travail. L'initiation de l'atelier me serait indispensable pour deviner et pour
dire à quelles ressources, à quels procédés, à quel
raffinement d'exécution sa peinture doit ces trans-
parences, ces douces colorations de nacre et d'aube
naissante, ces tons dorés et roussis des vieux cuirs
de Cordoue, qui lui font une harmonie à la fois si
brillante et si délicate. A défaut de renseignements
sur les moyens employés, contentons-nous donc
des résultats obtenus, puisqu'ils forcent chacun à
reconnaître, dans ces œuvres si pleines de charme
et d'originalité, la pensée du poète, l'instinct
exquis du coloriste et la science du dessinateur.

III

MM. J.-P. Laurens. — Delaunay. — Puvis de Chavannes. — A. Cabanel. — Bonnat. — J.-N. Sylvestre. — Adrien Moreau. — Hellqvist. — Clairin. — Carolus Duran.

Paris, 15 Mai.

François de Borgia devant le cercueil d'Isabelle de Portugal. — Le sarcophage de marbre rouge ouvert en présence des assistants, laisse voir l'impératrice Isabelle, en riche costume de velours vert et de satin cerise brodé d'or. Elle est couchée sur un manteau de velours cramoisi doublé d'hermine. Un coussin galonné exhausse la tête du cadavre. La mort, avec cette cruelle ironie qui lui est familière, fait grimacer affreusement ce visage autrefois si beau et maintenant objet de dégoût et d'horreur. — Sous une chevelure tressée de perles, la face se présente parcheminée, terreuse, violette au creux de joues, une paupière est baissée, l'autre à demi-soulevée découvre un œil atône. La décomposition déjà bleuit les chairs. — François de Borgia, debout près du sarcophage, une main à la garde de l'épée, soulève de l'autre, en regardant la morte, sa toque de velours qu'un léger marabout empanache. Son pardessus de velours, bordé de fourrure, découvre, sur un pourpoint violet, le collier de la Toison d'or. Un évêque dans sa chape noire à camail blanc et coiffé d'une mitre blanche, une jeune femme, un moine et deux gardes armés, debout au bas du sarcophage, contemplent avec un pieux recueillement celle qui fut leur souveraine. — Un tabouret à crépines d'or qui supporte la couronne impériale posée sur coussin rouge ; un grand chandelier d'église où brûle un cierge auquel est attaché un écusson aux armes de l'impératrice, occupent, près de la tête, les côtés du sarcophage. Un riche brûle-parfums laisse échapper des spirales de fumée à travers l'assistance. — La scène se passe dans le bas côté d'une église, d'où l'on peut voir, au-dessus d'un pan de muraille, le haut de la nef que remplit la buée ardente des cierges. — Ce tableau ne diffère pas des meilleures compositions de M. J.-P. Laurens ; nous y trouvons le même talent de mise en scène et le même désir d'émouvoir le spectateur en lui mettant sous les yeux un objet horrible. Il ne faut pas trop s'en étonner : comme peintre il y a de l'espagnol sous M. Laurens, et j'imagine qu'il ne serait pas nécessaire de le gratter bien fort pour s'en convaincre. En définitive, si ce tableau n'atteint pas autant que l'artiste l'eût désiré le but poursuivi, celui d'émouvoir, il est au moins de ceux qui intéressent et qui résument les grandes qualités dont, à maintes reprises, je vous ai déjà entretenu.

Encore un espagnol, du moins par sa manière
d'aujourd'hui. — Que dis-je, un espagnol ! Jamais ;
non jamais les plus féroces tourmenteurs de l'Ecole
transpyrénéenne n'ont déchiré, tenaillé, ensanglanté, n'ont tordu en convulsions tétaniques, n'ont
fait s'épuiser en hurlements fous et enragés leurs
patients et leurs martyrs, avec des raffinements de
brutalité pareils à ceux que déploie M. Delaunay,
nous montrant *Ixion précipité dans les enfers.* —
— Entouré de vapeurs fuligineuses que crèvent çà
et là des rougeurs de fournaises, le présomptueux
et indiscret sigisbé de la reine des dieux est garotté
sur la roue infernale par deux serpents qui le
criblent de morsures. La tête renversée, les cheveux droits, les yeux fous et sanglants, la bouche
hurlant des cris surhumains, les veines engorgées,
les nerfs tendus comme des cordes prêtes à se
rompre, une jambe repliée et déchirant, d'un orteil
qui se contracte, le jarret de l'autre jambe, il
s'épuise en efforts superflus pour arracher ses liens
vivants, tandis qu'un feu inextinguible dévore sa
chair désormais impérissable. — Le damné mytho-
logique est horrible ; mais il réunit, en somme,
des qualités qui lui assurent une place entre le
Christ de M. Bonnat, exposé en 1871, et le *saint
Sébastien* de M. Ribot, actuellement au Luxembourg. — M. Delaunay, dessinateur énergique,
coloriste puissant, est, en outre, un peintre-poëte,
ce qui est fort rare aujourd'hui que les artistes

dirigent tous leurs efforts vers l'exécution ; aussi se demande-t-on pourquoi M. Delaunay, qui sait composer et qui peut faire un vrai tableau, ne laisse pas à de moins inspirés la recherche du trompe-l'œil, pour donner enfin des pendants à ses magnifiques toiles du Luxembourg : *La Peste de Rome* et *l'Enlèvement de Déjanire*.

M. Cabanel va-t-il décidément nous laisser croire que nous assistons à l'agonie de son beau talent ? — La *Sulamite*, qu'il expose cette année, est une de ces peintures vides que l'argot des ateliers qualifie en deux mots : *C'est lanterne !* Elle m'a longtemps arrêté, et, je le déclare avec un véritable sentiment de tristesse, je n'y ai rien trouvé de ce qui autrefois me charmait dans l'élégante manière de l'artiste. Ce n'est assurément pas devant une pareille Sulamite, que le Salomon de *l'Intermezzo* se fût écrié : — « O belle Sulamite ! l'empire est à moi, les pays me sont soumis, je suis roi de Juda et d'Israël, — mais si tu ne m'aimes pas, je dépéris et je meurs. » Le fond du tableau, — couleur, arrangement, — est lui-même d'un goût plus que douteux.

M. Puvis de Chavannes qui comprend à merveille la peinture décorative, n'a jamais, ce me semble, été mieux inspiré qu'aujourd'hui. Sa composition de *sainte Geneviève* est belle et large ; son dessin est en même temps ferme, correct et naïf, sa couleur, qui souvent laisse à désirer, est cette fois très-heureuse. — Ah ! quel service rendrait à M. Puvis de Chavannes, la voix assez autorisée pour lui dire que la sainte, placée au second plan, ne sera qu'un médiocre accessoire de son tableau, s'il ne se décide à la refaire entièrement.

Dans la *Lutte de Jacob avec l'Ange*, toile de M. Bonnat, la partie supérieure des personnages qui s'étreignent est excellente, la tête do l'Ange est noble, la poitrine d'une peinture vigoureuse et d'un modelé savant ; mais la figure de Jacob, la jambe droite de l'Ange sont d'un dessin commun. Le haut de la composition est aussi d'un coloris très-fin, notamment le coin du ciel étoilé sur lequel se détache la tête de l'Ange ; le bas de la toile, au contraire, est indécis, les rochers sont d'un rose désagréable, qui se rapproche beaucoup trop du ton des chairs. — *Le Barbier nègre à Suez*, du même peintre, est une œuvre peut-être plus complète, bien qu'elle soit, à mon sens, d'un modelé un peu dur : on dirait presque une figure de basalte.

Locuste essaye, en présence de Néron, le poison préparé pour Britannicus. — Tel est le titre du tableau qui a valu à M. J.-N. Sylvestre le prix du Salon actuel. La valeur de cette œuvre est

incontestable à n'en considérer que le dessin et le
modelé, mais son examen, au point de vue de la
conception, pourrait donner lieu à certaines réser-
ves. — Néron est assis, le bras droit étendu sur le
dossier du siége et retenant d'une main sa jambe
droite dont la cheville porte sur le genou gauche.
A son côté, Locuste occupe un tabouret bas. Ses
épaules et ses bras sont découverts. Sa robe relevée
laisse voir une jambe grêle et un large.pied nu.
La main droite renversée sur la hanche, elle se
penche et avance la tête près du visage de Néron,
en même temps qu'elle couche dans toute sa longueur son bras gauche sur la cuisse de son impérial acolyte. — Il est assez difficile d'admettre
chez Locuste une attitude pareillement familière et
plus difficile encore de croire que Néron l'eût souf-
ferte ; Locuste compromise dans la mort de Claude
et emprisonnée depuis sous la garde de Pollion,
tribun d'une cohorte prétorienne, devait tenir en
absolu dédain les soins de sa personne. Le peintre
lui donne eu outre un profit trivial, une peau
tannée, une chevelure luisante de graisse. Il n'en
fallait pas tant pour que Néron, un artiste, un
délicat, qui disputait au poëte Pétrone (*arbiter
elegantiæ*), comme le désigne Tacite, la palme
du dandysme romain, se révoltât contre un
aussi répugnant contact. En dépit d'un fier dessin
et d'un admirable modelé, l'esclave empoisonné
qui, une jambe en l'air se tord sur le carreau de

marbre, agace singulièrement le regard. C'est là
une impression dont j'ai en vain cherché à me
rendre compte.

Voici une aimable et charmante toile bien faite
pour nous délasser des sombres compositions de
MM. Laurens et Delaunay, sans compter les
essayeurs de poisons qui, sous les auspices de
MM. Sylvestre, Aublet, Buland et consorts, se sont
cette année introduits au Salon. Dans la peinture
dont je parle, la gaîté sonne ses fanfares à l'unisson de la cornemuse, du tambourin et du hautbois,
au milieu de cette grande salle du palais de
l'Industrie, toute confite encore de la solennité que
lui imposait jadis la peinture officielle.

C'est M. Adrien Moreau qui mène la bacchanale.
Il nous montre en la douce saison de l'amour et
des roses : une *Kermesse du XVme siècle* s'ébau-
dissant sur une pelouse étoilée de fleurettes. —
Quatre ménétriers, de la table où ils se sont
juchés, font rage comme quarante. — Vive Dieu !
quel entrain chez ces fillettes qui, chevelure au
vent, rose à la joue, perles aux lèvres, se trémous-
sent en costumes printanniers. Pourpoints et
chausses aux couleurs vives, robes claires et
rubans bariolés s'enlacent dans les tournoyants
méandres. Et quelle gaîté ! Pas un visage où ne
s'épanouisse au moins une forme du rire ; discret
ici, il creuse de fossettes une joue vermeille aux

yeux baissés ; plus franc là-bas, il s'échappe en
fusée à travers le babillage des danseurs, ou bien
il éclate chez des commères que font pamer sous
leur chatouillement pimenté , les gaudrioles des
godelureaux. — Bon ! voici un chaperon qu'une
main agite en l'air comme pour montrer aux coiffes
et aux bavolets la route des moulins. C'est du
moins ce que paraît avoir compris ce bourgeois
défiant ; aussi entraîne-t-il à son bras une charmante blonde qui, s'éloignant des danseurs, leur
adresse un regard de myosotis tout chargé de
regrets. Sous les ombrages les grands parents
banquètent, trinquent rubis sur l'ongle et radotent
du temps jadis, des enfants se vautrent à plat
ventre dans l'herbe, et des couples candides assis,
têtes.rapprochées, chargent la marguerite qu'ils
effeuillent de révéler leur mutuel secret. La jour-
née est radieuse, les arbres ont fait éclater leurs
bourgeons pour abriter l'amour des tourterelles,
cornemuses, hautbois, tambourins font rage, et
les pieds alertes de vingt ans foulent avec enthou-
siasme la pelouse en fleurs du mois de mai :

Sautez fillettes
Et garçons !
Unissez vos joyeux sons,
Musettes
Et chansons !

Ce refrain de Béranger me trottait encore dans

la mémoire, quand je me suis arrêté devant le
Louis XI, de M. Hellqvist. Ce n'est plus ici ce
Louis XI de Béranger qui, des lucarnes grillées
de Plessis-lez-Tours, s'intéressait aux danses du
village ; c'est le terrible et capricieux justicier qui
accroche, aux arbres dépouillées de l'hiver, les
fruits sinistres dont le poëte Villon se faisait le
porte-parole en ces termes :

> La pluye nous a débuez et lavez,
> Et le soleil désséchez et noirciz,
> Pies, corbeaulz, nous ont les yeux cavez,
> Et arrachez la barbe et les sourcilz.
> Jamais nul temps, nous ne sommes rassis ;
> Puis çà, puis là comme le vent varie,
> A son plaisir sans cesser nous charrie,
> Plus becquettez d'oiseaulx que dez à coudre.

. . . .

Le tableau de M. Hellqvist est ainsi désigné au
livret : *A Plessis-lez-Tours, un soir de l'an 1479.*
— Louis XI, avec un de ses fidèles compères
Ollivier ou Tristan, se promène par une soirée
d'hiver dans une avenue du château. Le vieux roi
porte son costume légendaire ; le petit chapeau
cerclé de médailles bénites, le pardessus brun,
doublé de peau blanche, et les chausses noires.
Son acolyte est habillé d'une robe verte et coiffé
d'un chapeau de velours grenat. Ils s'en vont côte
à côte, ouvrant du pied un sillon à travers les

feuilles mortes, et peut-être, au moment même où
ils échangeaient quelque gauloiserie croustilleuse,
ont-il heurté ce débris de carcasse humaine,
abandonné par les corbeaux sur le sol. — Les
arbres où se balancent un nombre recommandable
de pendus, croisent les hachures noires de leurs
branches, sur un ciel froid d'hiver, auquel le soleil
disparu fait encore un horizon de cuivre rouge. —
La tête de Louis XI manque d'expression, l'effet
de soir est réussi, la couleur assez bonne et le
dessin assez peu sûr dans ce tableau romantique
d'intention et composé peut-être d'après cette
strophe de M. Th. de Banville :

> Sur ses larges bras étendus,
> La forêt où s'éveille Flore,
> A des chapelets de pendus
> Que le matin caresse et dore.
> Ce bois sombre, où le chêne arbore
> Des grappes de fruits inouis.
> Même chez le Turc et le More,
> C'est le verger du roi Louis.

Le portrait de Mademoiselle Sarah Bernhardt,
dans son rôle de l'*Étrangère*, a été pour M. Clairin
l'occasion d'un succès qui compte parmi les plus
brillants du Salon. — La célèbre et gracieuse
artiste, dans une de ces attitudes serpentines qu'elle
semble avoir en prédilection, est couchée ou plutôt
demi-lovée sur une sorte de divan cramoisi. Le

coude gauche enfoncé dans une pile de coussins, elle appuie contre les doigts d'une main admirablement peinte, sa charmante petite tête qui sort d'une colerette de dentelle épanouie et qui présente de face, un visage où rayonnent la clarté du regard et la lame d'argent d'un frais sourire. Des cheveux bruns, coupés courts sur le front, y rampent frisottants et le couvrent jusqu'aux sourcils. Elle tient à la main droite, qui descend avec abandon vers le genou, un écran de plumes. Sa longue robe de soie blanche que garnit un léger duvet de cygne, s'applique comme mouillée à son corps, se fronce en mille plis fins à la taille et aux hanches dont elle accuse nettement les contours et, tordue en spirale, elle vient comme une vague enrouler le coussin orange où pose le pied mignon de la jeune femme. Ce pied, chaussé de soie bleu de ciel, sort à demi d'une mule de satin noir, véritable joyau qui, pour la petitesse et l'élégance, tiendrait dignement sa place entre la sandale de Rhodope et la pantoufle de Cendrillon. — Un grand levrier, à longs poils fauves, dort couché contre le divan, sur un tapis de peau grise. Les larges feuilles d'un bananier montent au premier plan et occupent à droite la partie supérieure du tableau, qui a pour fond un rideau violet et, dans un encadrement, une sorte de tenture d'un gris verdâtre. — Ce portrait est délicieux , la physionomie pleine d'expression. On voudrait deviner par quels sentiments l'âme de

la tragédienne est bercée à cette heure où la voilà
recueillie et pensive. Ce que je puis affirmer sans
hésitation, c'est que son visage illumine le tableau
en dépit de l'éclat des étoffes, qui sont très-bien
exécutées, en dépit d'une couleur générale très-
bonne aussi, bien que d'aucuns la trouvent un peu
criarde.

Voici encore un beau portrait, c'est celui de
M. Emile de Girardin, peint par M. Carolus Duran.
L'éminent publiciste, assis devant sa table de
travail, est vu de face. Une cravate de soie noire se
développe largement nouée en rosette sur sa
redingote boutonnée. La plume à la main et l'œil
méditatif, il songe à ce qu'il va écrire. Sa lèvre
supérieure, un peu avancée, semble indiquer en ce
moment chez lui une préoccupation chagrine, un
peu d'agacement. Ecrivain alerte et fécond, il ne
cherche pas une idée. Les idées viennent à lui
comme des vols d'oiseaux familiers. Je gagerais
qu'il en tient une bonne à cette heure, qu'il se
dispose à nous la servir sous une forme claire,
concise, saisissable à la plus mince intelligence, et
qu'elle ne saurait manquer d'être libérale.

IV

**MM. Hermans. — Gendron. — Béraud. — Yan'
Dargent. — A. Lemaistre. — Chelmonski**

Paris, 18 Mai.

Dans le tableau qu'il intitule : *A l'aube !* M.
Hermans reproduit avec un talent supérieur et
plein de cruelle vérité, une scène débraillée de la
bohême élégante. — Les pâles clartés de l'aube
descendent sur la rue grise et terne. La bise
souffle glacée. C'est l'heure où les ouvriers rega-
gnent l'atelier où les attend la tâche quotidienne.
Au moment où ils passent devant un restaurant
célèbre, un groupe de viveurs en descend l'escalier. Les visages sont pâles, défaits, marbrés par
la fatigue et par l'excès des libations capiteuses.
Trois personnes ont déjà pris pied sur le trottoir :
un jeune homme en tenue de soirées et deux
jeunes femmes en toilettes tapageuses. L'estimable
épicurien, blême, le regard trouble, la bouche
béante sous une moustache consternée, les cheveux floches, le *gibus* de satin renversé sur la
nuque, la cravate blanche dénouée, les mains dans
les poches du pantalon, et titubant sur des jarrets

veules, hésite ahuri entre les deux femmes qui le
tiraillent en sens divers. A droite, une élégante
jeune fille en robe bleue lui passe familièrement le
bras autour du cou et lui chuchotte à l'oreille de
mystérieuses paroles qu'il est hors d'état de com-
prendre ; à gauche, une non moins belle personne,
en robe maïs, lui a pris le bras et s'efforce de
l'entraîner vers un fiacre voisin. Pendant ce débat,
un superbe bouquet dans sa collerette de papier
blanc a roulé au milieu des balayures. — La porte
du restaurant large ouverte laisse voir, enmitouflé
dans une longue pelisse, sur les dernières marches
de l'escalier, un second viveur au bras duquel
s'accroche une créature folâtre ; il semble très-
soucieux du triste spectacle que son camarade
offre aux passants. Sa compagne, au contraire, la
cigarette aux lèvres et le poing sur la hanche, se
présente avec une certaine affectation de crânerie.
— Le groupe des ouvriers occupe la droite du
tableau. C'est d'abord un menuisier dans ses habits
de grossier velours brun. Il porte les outils du
métier, il a sa fille au bras, et s'adressant à son fils,
jeune blondin à la mine éveillée qui, une gamelle
de fer blanc à la main, regarde naïvement la scène
édifiante, il semble lui donner à rebours la leçon
de l'*Ilote* ivre. La jeune ouvrière, modestement
vêtue, le visage tourné en profil perdu vers les
gens de plaisir, ne laisse conséquemment rien
deviner de ses impressions. Derrière ces principaux

personnages, un chiffonnier allume philosophique-
ment sa pipe près d'un autre ouvrier qui, d'un air
goguenard, dévisage les intéressants *modernes*, —
un mot que Gavarni prête à l'argot de l'ouvrier
parisien. — Il y a dans ce tableau un enseignement
sévère. Je ne serais même pas surpris que se
fussent élevées à travers les fumées bachiques dans
le cerveau du viveur qui descend l'escalier, certaines âpres réflexions dont au besoin vous trouve-
riez la teneur en beau style au LXe chapitre de
Lélia. — Couleur et dessin assignent à l'œuvre de
M. Charles Hermans une des premières places au
Salon de 1876.

M. Gendron. — *Le tribut d'Athènes au Minotaure*. — Une élégante *scapha* grecque, peinte en
rouge, ceinte de listons dorés, la palme de l'*aplus-
tre* en manche de violon, tournée à l'intérieur du
bateau, contrairement à la proue des gondoles
vénitiennes, acoste le pied d'un escalier qui, ouvert
au flanc du roc, monte et se perd dans les profondeurs mystérieuses d'un souterrain. Cette cha-
loupe, festonnée de guirlandes, comme si elle
portait à Paphos ou à Cythère quelque théorie
joyeuse, conduit au monstre, issu des infâmes
amours de Pasiphaë, le tribut annuel des sept
jeunes athéniennes. Au milieu de la barque, se
dresse une haute bannière jaune, enguirlandée de
fleurs où l'on distingue, dans une image coloriée,

la tête cornue du Minotaure. Au pied de la bannière, trois jeunes filles, debout et embrassées, coufondent leurs gémissements et leurs larmes ; les autres sont assises, mornes, douloureuses, désespérées. Une blonde se cache le visage dans le sein de sa compagne ; une autre s'abat attérée sur la lisse de l'esquif. Debout à la proue, un *buccinator* nu et casque en tête, sonne dans sa trompe de corne pour avertir le monstre, tandis qu'assis à la poupe, un pilote regarde avec indifférence ces tristes victimes parées pour le sacrifice. — Sur les premières marches du souterrain, un vautour, les ailes éployées, s'acharne contre un débris de carcasse humaine. Une torche s'agite au fond du boyau ténébreux et l'on entrevoit au loin je ne sais quelle forme effrayante et fantastique qui, à l'appel du buccinator, semble accourir vers la proie. — Le tableau de M. Gendron est bien composé, les diverses attitudes de femmes sont jolies, la scène est comprise, elle a son succès d'émotion et d'originalité ; il est à regretter que le travail en soit un peu sec.

M. Béraud exposait il y a trois ans un portrait d'homme, pastiche de M. Bonnat ; il y a deux ans un portrait de femme, pastiche de M. Carolus Duran ; cette année il expose un *Retour de l'Enterrement* qui, assurément, montre de très-grandes qualités, mais qui est encore le pastiche d'un

tableau de M. de Nittis que nous avons vu l'an
dernier. — Jusqu'à cette heure, le talent de M.
Béraud s'est montré plus adroit et plus facile
qu'original. Espérons qu'il en a fini désormais avec
les emprunts et qu'il inaugure aujourd'hui la série
des vrai Béraud, en nous donnant le très-remar-
ble portrait de Madame de P***.

M. Yan' Dargent nous transporte sur les *bords
du Scorf-an-Sac'h,* dans un vallon ombreux et frais
du Finistère, en ces chaudes journées de juillet,
où des tressaillements, des soupirs voluptueux,
mêlés à des claquements d'ailes sur les feuilles,
tombent des grands hêtres. Un ruisseau court leste
et limpide, il heurte les blocs de pierres qui en
divisent le cours et oublie des houppes d'écume à
tous les obstacles qu'il rencontre en chemin. —
Deux artistes remettant au lendemain, — un lendemain bien souvent encore ajourné, — les études
entreprises, ont délaissé palettes et pinceaux qu'on
entrevoit sur une éminence voisine ; ils ont mis bas
leurs vêtements et sont descendus dans l'eau vive.
L'un de ces voluptueux s'y est assis le dos appuyé
à une roche. Les bras croisés, il renverse la tête
et contemple avec recueillement la fantasque évolu-
tion des nuages. Près de lui, son compagnon,
appuyé plutôt qu'assis contre un bloc voisin, semble méditer sur les anneaux de cristal que le courant
lui met aux chevilles. Puissent les Dryades et les

Napées tutélaires aux amants de la nature avoir détourné de ces imprudents les rhumatismes et les fluxions de poitrine, dont les fraîches Tempé bretonnes sont si fécondes. — Il y a de l'air dans le paysage, la berge escarpée du second plan est bien peinte ; le site frais et vivant. L'ensemble de la composition est peut-être un peu terne et la monotonie se fait sentir surtout dans le feuillé des hêtres.

Alexis Lemaistre. — *Bretonnes.* — Agenouillée sur une pierre plate au bord d'un ruisseau, une petite paysanne, le visage penché sur l'eau, ne songe guère à s'y mirer. Tout entière à sa besogne, elle savonne et pétrit du linge sous des mains que rougissent les fraîcheurs du courant. De temps à autre, néanmoins, elle tourne la tête pour échanger des commérages avec une svelte fillette en robe verte, une Nausica du cotillon de bure qui, le poignet sur la hanche, s'appuie contre la margelle d'un puits où elle vient de remplir sa cruche. — Ce petit tableau m'a rappelé, au moins dans la forme, *La Fontaine* de M. J. Breton, exposé il y a trois ans. Ceci n'est point un reproche, c'est un simple rapprochement. En fait d'études bretonnes, les toiles de M. Breton peuvent donner d'utiles renseignements, même à M. Lemaistre, bien qu'il paraisse étudier avec conscience et passion la nature armoricaine.

M. Chelmonski, un polonais, se présente pour la
première fois à nos expositions avec deux tableaux :
Devant le Maire et *Le Dégel en Ukraine*. Son
début est un succès. — Le village est enseveli dans
la neige. Des maisons basses, dont on devine à
peine la forme, s'allongent en ligne au bord de la
route. De toutes les cheminées montent, sur le
ciel gris, des spirales de fumée. Un traîneau avec
son attelage, au léger harnachement et ses colliers frissonnants de grelots, est arrêté devant une
masure que timbre à la façade l'écusson impérial.
— Le maire, en houppelande grise, la poitrine
ornée d'une médaille d'or suspendue à une chaîne,
se présente au seuil de la porte. Près de lui, un
secrétaire, le papier et la plume aux mains, semble
questionner des voyageurs qui s'inclinent profon-
dément devant la première autorité municipale. La
plupart de ces arrivants n'ont pas forme humaine
tant ils sont emmaillottés, cerclés dans d'épaisses
pelisses, tant le bonnet en fourrures descendu
jusqu'au nez et l'écharpe montée jusqu'aux yeux,
leur masque le visage. Leurs jambes d'éléphants
plongent dans des bottes à semelles de bois. — Un
cavalier se penche pour répondre à une interpella-
tion du maire, et celui-ci s'efforce en vain
d'entendre une voix de ventriloque, dont les
paroles, en sortant des profondeurs d'un ballot,
se figent en l'air comme celles de Panurge.
— Quelques agents municipaux, moustachus et

médaillés, sont assis sur un banc contre la maison. — Ce tableau, largement peint, est d'une vérité saisissante. Il fait grelotter les spectateurs qui l'examinent attentivement.

Dans le *Dégel en Ukraine*, nous retrouvons le même traineau avec ses trois chevaux, à la crinière échevelée et aux jambes nerveuses, attelés en éventail. C'est probablement aussi le même village, mais sa physiononomie est différente. — Des voyageurs et quelques naturels de l'endroit sont assemblés devant une modeste auberge. La neige fondue découvre déjà en partie le chaume que l'humidité rend encore plus noir. Par la porte ouverte du logis, on voit flamber un bon feu. A terre près du seuil, le thé bouillonne dans un *samovar* de cuivre. — L'assistance est joyeuse ; plus de faces empaquetées ; le sourire anime les visages ; on échange des lazzis devant la porte ; on semble patauger avec bonheur dans cette neige molle que le pied fait jaillir en éclaboussures et qui, sur la route passante, a déjà pris l'aspect d'une purée jaunâtre. Des femmes en robe rouge et bleue, de triples colliers au cou, jettent une note vive, réjouissante à l'œil dans le groupe jaseur, et des chiens se lutinent à l'unisson du bien-être général.

SALON DE 1877

I

Paris, 2 Mai.

Dès qu'on entre dans la grande salle du Palais de l'Industrie, une scène d'un aspect sinistre s'impose au regard, à l'examen et à l'intérêt. C'est l'*Inondation dans la banlieue de Toulouse, en juin 1875* ; œuvre d'un jeune homme, M. Alfred Roll, qui débuta d'une façon remarquable il y a deux ans à peine. — Sous un ciel assombri, à une heure terne du jour, s'épandent effrénées, les eaux limoneuses du fleuve. Dans leur course dévastatrice elles entraînent des débris de toutes sortes, tristes épaves parmi lesquelles surgissent, le front cornu et le mufle d'un bœuf à la nage, soufflant l'eau avec furie et roulant éperdu deux gros yeux apoplecti-ques. — Sur la couverture plate d'un taudis que le fléau va bientôt submerger, toute une famille a cherché un refuge. Une jeune mère demi-nue est là debout, sombre et morne comme une statue du Désespoir ; elle presse contre son sein un nourrisson, et de la main droite elle soutient, noué par la taille, dans un haillon, le corps arqué d'un adolescent, mort ou évanoui. Derrière elle, son aïeule qui, assise et affaissée, livre ses jambes au courant, semble avoir perdu toute raison dans le désastre. L'épisode capital du tableau est, au premier plan, la manœuvre d'un sauveteur pour arracher cette famille infortunée à sa périlleuse situation. Celui-ci, l'aviron en main, dirige une lourde barque vers un angle de la toiture où se tient couché à plat ventre un homme qui, le bras tendu, a saisi le bord de l'embarcation et qui, de son côté, lutte pour la rapprocher du toit. Une femme, déjà recueillie, est assise au centre de la barque. Elle regarde avec effarement un malheureux qui vient d'expirer, la nuque renversée et la face au ciel.

Dans cette composition de M. Roll, il y a une véritable entente du drame et une très-réelle originalité. Les figures ont un laid visage, elles sont brossées avec une énergie farouche : mais le dessin en est excellent, les raccourcis sont bien observés, les mouvements pleins d'allure, et la tonalité générale de l'œuvre, tenue dans une gamme de tons gris et bruns, qui n'a rien de monotone, concourt à l'émotion de la scène, sans nuire à la satisfaction du regard. C'est là une page violente et fière qui fait songer à Géricault et à Delacroix : et qui nous promet monts et merveilles.

D'un talent qui s'affirme à un talent consacré,
la distance ne me paraît pas si grande, qu'elle ne me
puisse servir de transition. Je passerai donc de
M. Roll à M. Paul Laurens, l'auteur d'une peinture
qui, cette année, l'a rendu l'objet d'une haute dis-
tinction.

Elle représente : L'*Etat Major autrichien devant
le corps de Marceau*. — Marceau est, à coup sûr,
une des physionomies les plus pures et les plus
généralement sympathiques de notre histoire
moderne. Il était valeureux, il était habile, il avait
l'âme noble et grande, il était élégant et beau,
enfin, certaines épisodes de sa vie ont ajouté à sa
renommée militaire, les séductions du prestige
romanesque. Il avait vingt-sept ans à peine quand
une balle ennemie le frappa, aux environs d'Alten-
kirchen. S'obstinant à rester sur cette rive du
Rhin, il y mourut un mois après au milieu des
Autrichiens qui, devenus maîtres de la ville le
lendemain du jour où il tomba mortellement
frappé, l'environnèrent de soins et lui prodiguèrent
les témoignages de leur estime. C'est la visite des
officiers autrichiens à la chambre mortuaire qui a
tenté l'habile pinceau de M. Paul Laurens. — Le
corps de Marceau se détache sur la doublure rouge
d'un manteau d'uniforme, qui couvre en partie la
courte-pointe à ramages pourprés d'un modeste lit
de parade. Le jeune visage du héros se présente
de trois quarts, désagréablement engoncé dans le

haut collet du dolman vert à brandebourgs d'argent, des chasseurs de la République. Une écharpe de soie rouge lui ceint la taille. Sa main, froide, inerte, couvre mais ne serre plus la poignée d'un sabre posé, hors du fourreau, à son côté. A droite, au premier plan, sur un siége voisin du lit, se tient affaissé un vieil officier autrichien. C'est le brave Kray qui, les coudes sur les genoux et la tête baissée, cache à deux mains son visage en larmes. Derrière lui, deux officiers français, venus pour réclamer le corps, sont debout; l'un sanglotte, le front abattu, au chevet du mort, l'autre les bras tombants, les mains jointes et contractées, regarde les Autrichiens d'un œil plein de rancune. — Un paravent jaune déploie ses feuilles au fond de la pièce et en masque en partie l'entrée qui donne accès à un grand nombre d'officiers de différentes armes. Presque tous portent la perruque poudrée et l'habit blanc, à poignets galonnés d'or sur fond rouge. Un ou deux fracs violets, quelques manteaux se montrent aussi dans l'assistance qui envahit le fond de la pièce. Les entrants soulèvent leur casque, échangent une réflexion à voix basse : les visages sont graves, recueillis, la compassion pour cette fin prématurée paraît être le sentiment qui domine. Seul un personnage de noble prestance s'est avancé au pied de la couche funèbre. Il s'y tient le haut du corps incliné, le menton sur la poitrine, et son visage qu'on voit de profil trahit une profonde émotion : c'est l'archiduc Charles qui, lui aussi, a voulu donner une dernière preuve d'estime à un adversaire expiré. L'archiduc, on le sait, imposa aux envoyés français, venu redemander le corps de leur général, cette condition, qu'on l'informerait du jour fixé pour les funérailles, afin que l'armée autrichienne, pût, unie à l'armée française, rendre les honneurs militaires au glorieux mort.

M. Laurens a, cette année, reçu la médaille d'honneur : il la mérite pour nombre d'œuvres superbes, auxquelles ici même ma louange a toujours fait bonne mesure ; mais cette fois, si je m'empresse de reconnaître à son tableau de très-grandes qualités d'exécution, j'oserai me permettre aussi de n'y pas trouver son habileté de mise en scène accoutumée. Le chétif visage de Marceau compte à peine dans cette toile : il y est perdu, il y tient tout juste la place d'un accessoire. Le véritable intérêt va de l'archiduc Charles au vieux Kray. C'est pourquoi ce sujet, des mieux choisis pour enlever un succès d'émotion, laisse le spectateur, j'ai pu m'en convaincre, assez indifférent. Il me semble, en outre, que M. Laurens, constamment préoccupé de donner du corps à sa peinture, use un peu trop du couteau à palette, ce qui met des épaisseurs d'un fâcheux effet là où elles n'ont que faire. Rembrand, Titien, Velasquez n'avaient point recours à ces expédients, et je n'ai jamais ouï dire que leur peinture manquât de solidité.

Le rang d'élite que tient aussi M. Lucien Mélingue parmi les récompensés du Salon actuel, me conduit naturellement à vous parler de son *Robespierre,* si bien que, de la première à la dernière ligne, la présente lettre va être dévolue aux épisodes dramatiques.

En étudiant le tableau de M. Mélingue, j'ai cherché dans quelle pensée politique il a été conçu. — Robespierre a été fort discuté ; il le sera souvent encore, et je conviens sans peine que jusqu'à ce jour le sentiment du plus grand nombre ne lui est pas avantageux. Il fallait un bouc émissaire à la Révolution : Robespierre a été choisi. « On lui a imputé tous les crimes commis par Hébert, Collot, Billaud-Varennes et d'autres. C'étaient des hommes plus affreux et plus sanguinaires que lui, qui le firent périr ; ils ont tout jeté sur lui (Napoléon). » J'accepte assez volontiers, pour ma part, cette opinion d'un citoyen de l'époque, auquel on a depuis accordé un certain crédit, et je veux croire que M. Mélingue ne lui a pas été non plus contraire en composant le tableau qu'il intitule : — *La matinée du 10 Termidor an II (1794)* — ce qui signifie : Les dernières heures de Robespierre. — Le 22 Prairial avait commencé la débâcle de sa fortune politique. Quarante jours plus tard, le coup de grâce lui était donné par ses ennemis Tallien et Collot-d'Herbois. En vain le tribun demanda la parole pour se défendre ; elle lui fut impitoyablement refusée. Ne sachant alors de quel bois faire flèche, il se réfugia aux Jacobins, puis à la Commune, et voulut tenter une insurrection. Mis hors la loi, pourchassé, cerné enfin avec quelques-uns de ses fidèles par les troupes de la Convention, un gendarme l'arrêta en lui brisant la mâchoire d'un coup de pistolet (9 Thermidor). Le tableau de M. Mélingue nous le montre dans la matinée du lendemain.

Robespierre est étendu sur une table dorée de style Louis XV, que couvre à demi un tapis vert. Sa tête appuyée contre une sorte de cassette qui la tient dressée, — se présente de face. Les yeux s'ouvrent fixes et dardent sur le spectateur un regard plein d'éclat fiévreux. Le bas de son visage, ses mains que la souffrance a plus d'une fois appelées à sa blessure, sa chemise et son gilet au bariolage jaune et bleu tendre sont maculés, éclaboussés de sang. Le débraillé de son habit bleu à boutons d'or, sa culotte de nankin débouclée au jarret, qui laisse rouler en spirale ses bas jusqu'au coude-pied, la jambe gauche vue en raccourci et presque nue du genou à la cheville, disent assez avec quelle brutale insouciance il a été porté et jeté sur cette table, dont le tapis vert tombant tout d'un bord a entraîné une écritoire qui dégorge son contenu sur le parquet. — A gauche de l'*Incorruptible* sont assis, le flanc ceint de l'écharpe tricolore, des conventionnels, ses compagnons fidèles arrêtés

avec lui et comme lui voués à la mort. Ce sont
St-Just, Dumas et un troisième personnage, dont
on n'aperçoit que vaguement le profil. Dumas, en
habit brun à revers, le chapeau à larges bords,
crânement posé sur l'oreille, les bras croisés, une
jambe chevauchant l'autre, jette un regard plein
d'arrogance et de mépris sur ses adversaires et
paraît attendre avec un parfait stoïcisme l'heure de
l'échafaud. Le beau Florelle de St-Just, celui qui,
suivant un mot de Camille Desmoulin « portait sa
tête comme un saint-sacrement », élancé de taille,
élégant d'aspect, est aussi vêtu d'un habit bleu à
boutons d'or sur une culotte noire, et chaussé de
bottes molles ; mais le pinceau de M. Mélingue
n'a pas rendu cette beauté féminine d'un visage
où néanmoins se réflétaient la mâle énergie
et la fierté du jeune représentant. Au lieu de cet
idéal unanimement célébré par les historiens, nous
avons sous les yeux un personnage qui, les poignets appuyés sur les genoux, tourne à demi vers
le spectateur un visage blême, où l'on ne saurait
lire autre chose qu'une sorte d'étonnement inquiet.
Des gendarmes, en costume de l'époque, se tien-
nent derrière les conventionnels. La partie droite
du tableau réunit dans un confus pêle-mêle gens
du peuple, soldats, gardes nationaux et, dominant
les coiffures militaires, les chapeaux à larges
bords, les bonnets en fourrure, apparaissent, accro-
chant une étincelle de lumière, baïonnettes, sabres

et pointes d'épées brandies. — M. Mélingue a mené
à bonne fin une tâche difficile. Sa figure de Robespierre est de tout point parfaite. L'expression de
la tête est saisissante, le raccourci très-heureuse-
ment rendu, la main gauche, qui retombe souillée
de sang sur la table, et les mollets nus, sont autant
de morceaux bien observés, très-bien peints, très-
bien dessinés. Les autres personnages sont moins
réussis ; c'est assurément correct, mais trop correct, si correct même que cela en devient froid. Ce
tableau est l'œuvre d'un jeune homme déjà vieux.
La sagesse y abonde, la fougue en est exclue. On
n'y saurait signaler ni un défaut sérieux ni une
grande qualité : c'est, en peinture, l'honnête per-
fection de Paul Delaroche et de Casimir Delavigne.

II

Paris, 8 Mai.

Le portrait de M. Thiers, par M. Léon Bonnat,
est un chef-d'œuvre. J'écris ce mot avec convic-
tion, et je vous assure que ma pensée lui a
rarement donné un sens aussi absolu. — L'ancien
Président de la République, debout, vêtu de noir,
le corps pris dans une redingote fermée, la main
gauche sur la hanche, le bras droit tombant le
long du corps, vit tout entier dans cette peinture.

Derrière le cristal des lunettes, l'œil brille, avec
une vivacité qui dément l'âge du modèle. L'expression énergique et tenace de la bouche aux coins
baissés par un souci amer, est rendue avec un art
et un bonheur surprenants. Cette bouche dit la
résolution de l'homme d'État, les vaillances et les
mélancolies de son patriotisme éprouvé. Peut-être
dit-elle aussi que l'illustre vieillard n'a point
encore, par une de ces grâces spéciales aux grandes
âmes, gravi les hauteurs sereines où l'on devient
insensible aux passions et aux faiblesses de l'hu-
manité. On peut en effet se demander si quelque
souvenir de l'Assemblée nationale, élue en 1871,
ne jette pas une ombre importune à sa pensée. En
ces jours pleins de périls et d'inquiétudes, les re-
présentants du pays l'entouraient avec ferveur,
l'enivraient de leur idolâtrie. Ovations éclatantes,
motions enthousiastes prises d'un commun accord,
l'acclamaient « bien méritant de la patrie » et « li-
bérateur du territoire. » Mais aux derniers gron-
dements de l'orage, cette fraction de l'Assemblée
qui surtout l'avait élevé sur le pavois, désespérant
de l'asservir à des visées que le pays réprouvait,
ne se fit pas faute de lui porter aux lèvres ce que,
métaphoriquement, on peut appeler « l'éponge
imbibée de fiel » d'un Gethsémani... à coups
d'épingles. Le « sinistre vieillard » n'en mourut pas,
non, petit bonhomme vit encore, mais ses lèvres
en ont peut-être gardé l'expression de tristesse

dédaigneuse si vivement accusée dans l'image.
Toujours est-il que **M.** Paul Delaroche et Mademoiselle Jacquemart paraissent n'avoir point eu à
indiquer ce détail de physionomie au temps où ils
peignaient l'historien de la Révolution française.
— Le visage, par la facture à la fois large et
précise de son modelé, est d'une véritable perfec-
tion. On a rarement peint en unissant d'une façon
aussi intime l'habileté à la simplicité. M. Bonnat
est fort sans être brutal. Pour donner à son
personnage le relief voulu, il n'a point eu recours
aux divers artifices journellement employés. Aucun
empâtement exagéré ne se montre dans ce beau
travail auquel on ne reprochera pas les préparations
à l'aide du couteau à palette. Ce sont des tons
justes, des valeurs justes, un modelé magistral,
qui font sortir du cadre cette figure sans rivale à
l'Exposition.

Si l'on ne devait tenir aucun compte des
ressources offertes par le modèle, des difficultés à
vaincre et de l'importance de l'œuvre, on trouve-
rait encore au Salon une peinture qui peut lutter
avec celle de M. Bonnat. C'est le portrait du
sculpteur Carrier-Belleuse, par M. Cormon. —
L'habile statuaire, assis devant une table où il
s'accoude les mains croisées, se montre au public
en habit de travail. Sa jaquette de velours bleu,
piquée d'un ruban rouge à la boutonnière, s'ouvre

sur la poitrine et laisse voir, négligemment passée
autour d'un col rabattu, une cravate blanche
nouée à la matelote. Le visage, — un véritable
visage de tailleur de marbres, — mâle, fier, plein
de force et de santé, se détache superbe sous une
chevelure grise qui se dresse et s'écarte de toutes
parts légèrement contournée en flammes. Des
yeux grands et limpides éclairent cette face
ouverte, intelligente, sympathique, dont une moustache cavalièrement retroussée sur la lèvre supérieure rehausse encore le caractère. — Cette
peinture de tout point est parfaite. Le modelé, le
dessin, la couleur y vont de pair. Bien que le
travail du pinceau soit large, franc et hardi, la
chevelure et la moustache sont exécutées avec une
singulière précision ; elles sortent de la toile, il semble qu'on en peut compter les brins. — La belle
œuvre de M. Cormon réjouit et charme la vue par
l'élégance et la pureté des lignes, par l'harmonie,
l'exquise finesse des tons et par la solidité de la
peinture ; elle est de celles qui dignement tien-
draient une place au Louvre entre les meilleures
toiles de Chardin et de Largillière.

M. Benjamin Constant, dont l'*Entrée de
Mahomet à Constantinople* obtint l'an passé un si
brillant succès, expose aujourd'hui deux figures
entières de jeunes femmes : l'une d'elles captive
plus particulièrement l'attention. C'est une élégante

et svelte personne dont la physionomie piquante
et bizarre ne manque pas de séduction. Elle a
cette pâleur mate et ces traits aquilins des méri-
dionales. Ses cheveux bruns lui couvrent le front
jusqu'aux yeux : relevés et tordus à la nuque, un
flot rebelle s'en échappe et descend onduleux vers
la ceinture. Sa robe de satin noir, qui laisse à nu
et fait ressortir des épaules et des bras d'une
blancheur marmoréenne, embrasse et dessine entièrement les contours de de son corps fin, souple,
nerveux, et vient répandre sur le tapis une longue
traîne. Cette figure, assise dans un fauteuil de soie
jaune, se profile sur une tenture bouton d'or : le
buste droit, l'œil en éveil et braqué pour ainsi
dire, elle est pleine de caractère étrange ; elle
exerce une sorte d'attraction, elle éveille je ne sais
quel intérêt pimenté comme un mets espagnol :
aussi ne serais-je pas surpris qu'elle donnât une
forme aux Juana d'Orvado et aux *Marquesas*
d'Amaëgui dans la rêverie des collégiens émous-
tillés par les contes en vers d'Alfred de Musset.
— Les étoffes, les divers accessoires de ces
portraits mondains ont été pour l'artiste une occasion nouvelle de mettre en vue un des côtés pres-
tigieux de son talent : il l'a saisie avec une véritable ivresse, et son brillant pinceau s'est livré aux
plus joyeux ébats dans les satins aux chatoyants
reflets comme aussi à travers les méandres en
fleurs des tapis orientaux, sans parler des autres

fantaisies luxueuses de l'ameublement. Ces différents motifs sont traités avec un éclat et une adresse vraiment rares. Mais s'il arrivait que M. Benjamin Constant s'attardât encore aux élégances de boudoir, M. Roll, le farouche auteur de l'*Inondation*, pourrait bien avant lui toucher barres à la Renommée.

M. Paul Baudry, que ses superbes peintures décoratives à l'Opéra ont tenu si longtemps éloigné des Salons annuels, y revient aujourd'hui avec le portrait du général C.... de M... — Le général, en petite tenue militaire, le coude posé à plat sur la croupe du cheval qu'il va monter, la main gauche à la poignée de son sabre, s'appuie au flanc de l'animal dans une attitude assez vraie, je le veux bien, mais d'un trop élégant abandon pour ne pas sentir un peu la recherche. Son visage, aux traits réguliers, n'a rien de bien martial. Sa physionomie. ouverte, agréable, satisfaite, la fraîcheur de son teint aussi bien que l'état de prospérité qui brille sur sa personne, sont autant d'indices révélateurs d'une absolue sérénité d'âme et de fonctions digestives inflexiblement disciplinées. — C'est là un beau militaire, un véritable idéal pour les dames de comptoir au tempérament belliqueux, dont l'œil s'émerillonne au retentissement sonore d'un pas éperonné, dont les reins frémissent à l'accent farouche des clairons, et dont les convoitises seront

éternellement sollicitées par une allégorie, celle
de : *Mars désarmé par Vénus.* — Cette figure
en pleine lumière est franchement peinte, habile-
ment dessinée. L'aisance de son attitude en atténue
la prétention. Le mouvement de la main qui serre la
poignée du sabre est saisi et rendu avec une vérité,
une extrême sûreté de crayon. Une main semblable,
restât-t-elle seule d'un tableau détruit par accident,
donnerait une haute idée de l'œuvre disparue. Il
m'étonnerait que le cheval fût jugé irréprochable
par les hippologues. A mon humble sens, il paraît
manquer de relief, mais il a du moins ce mérite, de
ne distraire en rien l'attention du spectateur qui se
porte entière sur le cavalier. Un chasseur d'Afri-
que, placé à quelque distance, n'imite pas cette
réserve : le regard ne saurait fixer un point quel-
conque de la figure principale sans être harcelé
par le pourpoint bleu de cet importun chasseur. Il
est étrange qu'un pareil défaut ait échappé à l'œil
sagace de M. Baudry.

M. Carolus Duran expose aussi deux portraits.
S'il arrivait — ce qui est improbable — qu'on ne
les recherchât pas, il en est un qui forcerait le
regard, ne fit-on que traverser la salle où il se
trouve. C'est celui d'une jeune femme en robe de
soie grise, qui, paresseusement étendue sur une
chaise longue, aux ramages fleuris, s'enfonce le
coude dans la moelleuse épaisseur des coussins

rouges empilés au chevet de la chaise. Ces coussins de soie font dans la salle une véritable explosion qui effarouche les peintures invironnantes. Pour leur donner une pareille intensité de rouge, il a fallu que les véhémences associées du cinabre et du carmin fussent encore chauffées, surchauffées, par des glacis et d'autres rubriques violentes, connues seulement des adeptes. On trouve dans ce tableau les éminentes qualités d'un peintre qui tient aujourd'hui un des premiers rangs parmi les portraitistes; mais il m'étonnerait que l'ordonnance générale de l'œuvre ne ramenât pas certain reproche un peu mérité par M. Carolus Duran. Je me borne à dire que la chaise longue du portrait pourrait bien faire songer à l'indiscret *Sopha* de Crébillon fils. *Sapienti sat !* — La seconde peinture nous présente M. Maurice H.; un charmant espiègle à la fine chevelure de lin, à la physionomie éveillée. Vêtu d'un sarrau violet, chaussé de bas bleus, il se détache sur une tenture également bleue. — Le pinceau de M. Carolus Duran n'a pas d'égal pour saisir et fixer sur la toile ces instables petits êtres avec une physionomie et une allure qui souvent révèlent tout un caractère.

M. Georges Healy (de Boston), a peint un excellent portrait de Gambetta. Le tribun, vêtu de noir, est vu de face ou peu s'en faut. Il tient à la main droite un lorgnon et appuie l'autre sur des paperasses. On le dirait à la tribune écoutant avec une hauteur dédaigneuse quelque interruption saugrenue. Cette peinture de M. Healy tient au Salon un rang très-distingué.

VII

Paris, 19 Mai.

Après avoir purifié, dans l'eau bénite, son pinceau une fois au moins égrillard et folâtre, M. Bouguereau paraît l'avoir décidément voué à la peinture des Vierges. — L'adorable Sainte Vierge exposée en 1874 par M. Ernest Hébert avait ouvert une voie que plusieurs se sont empressés de suivre et, *primus inter pares*, M. Bouguereau. Je l'en félicite d'autant plus volontiers que chacune de ses nouvelles créations est accueillie avec une faveur indéniable, et, à mon sens, méritée par la masse du public. Il expose cette année : *La Vierge consolatrice.* — Le visage entouré d'une Gloire, vêtue conformément à la tradition, elle est assise dans une stalle. Devant cette mère divine, dont le cœur a épuisé les maternelles angoisses, dont les yeux ont pleuré des larmes humaines, une jeune femme a déposé le cadavre de son enfant, et, succombant à sa cruelle douleur, les bras allongés, les mains jointes et tordues, elle s'est affaissée en travers des

genoux de Marie, qu'elle couvre de sa poitrine. —
Telle est la scène : elle est simple et touchante. Le
mouvement de la jeune mère est d'une prostration
très-réussie. Le cadavre du petit enfant, où la
mort a déjà posé ses empreintes violettes, est exé-
cuté avec une habileté rare. Le visage de la Sainte
Vierge allie avec un grand charme la mansuétude
à la pureté, mais — je l'avoue à regret, — j'y ai
en vain cherché un semblant de physionomie qui
me parût de nature à justifier cette qualification
des litanies : *Consolatrix afflictorum*, dont l'artiste a fait le titre de son tableau. — Il serait
superflu de dire qu'on trouve dans cette œuvre le
soin et la précision qui sont habituels à M.
Bouguereau. Sa peinture, d'une exccessive
netteté, a le poli, le mat d'une plaque de
vieux marbre, d'une tranche de savon. Un
grain de poussière, un poil échappé au pinceau,
y feraient saillie. Sa couleur est douce, un peu
voilée, au demeurant fort agréable. Ses compositions actuelles sont chastes, vraiment religieuses,
de tout point dignes de figurer dans les églises. Je
ne sache pas de peintre dont les œuvres soient
plus correctes, plus scrupuleusement finies.
L'admiration pour sa peinture peut avoir des
limites ; il n'en est aucune pour l'estime qu'inspire
son consciencieux talent. ·

La Pauvrette, tableau de M. Jacquand, est une

adolescente bien jolie, mais délicate et surtout
« triste jusqu'à la mort », comme dit l'Ecriture.
On la regarde avec ravissement et compassion. Un
modeste mouchoir blanc, diapré de fleurs, posé en
fanchon, abrite sa chevelure noire. Des vagues
soyeuses s'en échappent et viennent rouler sur la
misérable cape de deuil que, d'une main grêle et
mal assurée, l'enfant ramène contre sa poitrine.
Sa tête penche avec lassitude, ses épaules se lèvent
frileusement comme transies. Elle est inquiète et
craintive. Elle semble vouloir se faire pardonner
la petite place qu'elle tient dans ce monde, comme
elle pardonne à ceux qui l'y ont laissée. Et, en
vérité, pourquoi s'y trouve-t-elle encore ? Com-
ment les exigences et les brutalités de la vie
n'ont-elles pas eu raison de cette pauvre sensitive,
qui, sous nos regards, même en peinture, semble
en proie à des effarouchements infinis ? — La Pro-
vidence, qui donne la becquée aux petits oiseaux
et qui mesure le vent aux brebis tondues, ne peut
manquer d'avoir aussi ses vues sur la destinée de
cette *Pauvrette* si alarmée de la vie ; elle lui garde,
assurément, de sérieuses compensations, à moins
toutefois que, dans sa prudence et son infinie
sagesse, elle ne juge meilleur de « lui faire grâce »,
comme a dit un poète, des jours qu'elle devait
couler.

M. Olivier Merson a exposé deux fort intéres-

santes compositions historiques : *Saint Louis, à son
avènement au trône, fait ouvrir les geôles du
royaume.* — *Saint Louis, malgré les supplications
des nobles et des barons, condamne le sire
Enguerrand de Coucy.* — L'artiste a traité ces
deux sujets dans une gamme claire, avec des tons
peut-être un peu plâtreux : l'exécution en est
sobre. Dans la mise en scène, qui est très-bonne,
on remarque d'heureux motifs présentés avec un
art délicat. Saint Louis et le sire de Coucy sont des
figures pleines de caractère. Les prisonniers, d'un
excellent dessin, ont aussi un cachet individuel
très-prononcé. Ces différents personnages sont un
peu plaqué les uns sur les autres. L'air ne circule
pas à travers les groupes, qui manquent également
de vie. — Les imperfections que je vous signale
font singulièrement détonner ces peintures aux
Champs-Elysées ; néanmoins, je suis persuadé
qu'elles seront d'un excellent effet dans la galerie
de Saint-Louis qui leur est assignée au Palais de
Justice.

La Pêcheuse de crevettes à l'Abervrach, tableau
de M. Alexis Lemaistre, est une fillette, svelte
comme un jonc. Le petit panier qui contient sa
pêche, passé au poignet droit, la main gauche sur
la hanche, elle marche pieds nus avec l'assurance
que donne l'habitude, sur un tapis visqueux d'al-
gues vertes et de goëmons fauves. Elle porte crâ-

nement en bandoulière l'arme de sa profession, le haveneau, dont un filet à papillons donne une parfaite idée. Ses cheveux rudes, qu'on dirait peignés avec une arête de sole, sont retenus par un mouchoir en cotonnade rose, posé sur l'arrière du sinciput. Un corsage en ratine noire, rougi, ravagé, qui, lacé à la diable, s'entre-ouvre sur une chemise en toile à torchons, un tablier en serpillière, tordu autour des hanches, d'où tombent lourds et droits jusqu'à mi-jambes les plis d'un jupon de tiretaine bleue, tels sont les modestes éléments de son costume journalier; un costume qui sèche parfois le dimanche. Malgré cette misère, la fillette est plus jolie que ne le sont d'ordinaire ses pareilles. Je félicite M. Lemaistre d'avoir découvert un type breton aussi vivant, aussi vrai et surtout aussi agréable. Un détail que l'artiste a vivement saisi, c'est ce cachet dont l'atmosphère marin timbre le front de ses familiers ; cette légère contraction des sourcils, habituelle aux visages sans cesse fouettés par l'âpre vent des grèves et par les embruns salés ; elle jette une ombre inquiète dans la physionomie de l'enfant et lui donne un charme de tristesse. — Dessin, couleur, observation très-attentive de la nature, rangent cette figure parmi les meilleures études bretonnes de l'exposition.

Dans une sorte de crépuscule nocturne, sur un fond de rochers sinistres qui semblent dominer un abîme, se tient debout une belle créature , à la physionomie orageuse. **La** tête couverte d'un voile noir, le buste nu, les hanches ceintes d'une draperie pareillement noire, qui lui descend aux pieds ; elle s'appuie d'un bras contre le roc et laisse tomber l'autre sur une lyre debout à son côté. — J'ouvre le livret du Salon et j'y trouve le nom du peintre : Auguste Mengin : un titre bref, celui de la peinture : *Sapho*. — A vrai dire, je m'en doutais, et j'ai même lieu de croire que M. Mengin nous montre la Lesbienne inspirée, sur le promontoire de Leucade , où elle est venue chercher un suprême remède, peut-être à son amour malheureux pour Phaon, peut-être aussi à la nostalgie d'un exil auquel Pittacos, tyran de sa patrie, l'a condamnée, pour sa participation à un complot républicain. — Toujours est-il que la voilà morne, fatale, douloureusement méditative : mais la délivrance est proche, le suicide est résolu, elle en a fixé l'heure. — Donc, elle va mourir ; mourir dans l'épanouissement de sa beauté, mourir dans toute l'effervescence d'un génie qui lui a valu l'honneur d'être comptée en même temps parmi les neuf poëtes et les neuf poëtesses du canon d'Alexandrie. — La lyre que sa main touche encore nous montre qu'une dernière fois elle a épanché les déchirements de son âme dans cette poésie aux images embrasées que connaissait avant elle la Sulamite de Salomon, et que plus tard, dans ses

divins ravissements, devait connaître la mystiqu.
sainte Thérèse. — Quels étranges accords ont dû
sortir de l'instrument docile, si elle a donné un
souvenir et un regret attendris aux jours où
éperdue et défaillante d'amour elle s'écriait :

« Celui-là me paraît égal aux dieux, qui, assis
en face de toi, écoute de près ton doux parler.

» Et ton aimable rire : ils font tressaillir mon
cœur dans mon sein ; la voix n'arrive plus à mes
lèvres.

» Ma langue se brise, un feu subtil court rapide-
ment dans ma chair ; mes yeux ne voient plus rien,
mes oreilles bourdonnent.

» Une sueur glacée m'inonde, un tremblement
me saisit tout entière ; je deviens plus verte que
l'herbe, il semble que je vais mourir ! »

Ah ! que n'a-t-elle été entendue, à son heure
dernière, la voix qui savait parler ce langage plus
vertigineux que les parfums d'Orient ! Que n'ont-
ils été recueillis les derniers élans de cette âme en
détresse, alors que d'une poitrine anhéleuse, ils
jaillissaient illuminant d'étoiles et d'éclairs, ce
chant du cygne que lui prête la légende ! Que de
révélations ineffables ! Que d'aveux étranges et
d'un sens mystérieux ont dû traverser ce dernier
chant qui, sans doute, disait un éternel adieu à la
patrie lointaine, à la douce Lesbos et à Mitylène,
sa ville natale, aux campagnes d'asphodèles, aux

bosquets de myrtes et de lauriers roses tout peuplés de souvenirs douloureux et chéris ! A cette Mitylène où elle a tant aimé, tant souffert, d'un amour et d'une souffrance qui l'ont sacrée poëte ! — Hélas ! le vent des mers seul a tout entendu, tout emporté sur son aile et tout secoué sur les flots !...

Elle a déposé sa lyre, muette à jamais, et maintenant c'est la minute solennelle, le terrible moment d'affronter l'inconnu. Elle se recueille, et, tandis que ses lèvres murmurent peut-être la dernière strophe de l'hymne à Vénus :

« O déesse ! viens à moi encore aujourd'hui ! Délivre-moi de mes peines cruelles ! »

Des profondeurs ténébreuses de l'abîme, elle entend monter, à travers la nuit, la psalmodie funèbre des vagues.

Sous l'influence des impressions éveillées en ma mémoire par le tableau de **M.** Mengin, j'allais presque omettre de vous dire que la figure de *Sapho* est supérieurement peinte , drapée avec beaucoup d'art et que le nu de la poitrine et des ras révèle des qualités d'exécution remarquable : e travail d'un raffiné.

 TABLE

www.ingramcontent.com/pod-product-compliance
Lightning Source LLC
LaVergne TN
LVHW022317170726
843503LV00006B/2563